飼料屋と卵屋は、昔、家族だった

冨岡幸子
TOMIOKA Sachiko

文芸社

もくじ

畑中飼料屋

これは、大正の終わりに生まれ、昭和、平成、令和と生きた女性を中心にした、家族の物語である。

神奈川県平塚市で、一軒の卵屋が商売をしていた。小さな庭付き平屋で、隣には畑中飼料屋があった。飼料屋には、大きなトラックとふすま袋（小麦ふすまを詰めた麻製の飼料袋、一袋約二〇キログラム）をストックしておく倉庫などがあった。

小さな卵屋は、畑中家の六男、六朗の所有であった。

昭和二十五年に、六朗は旭村から家族で平塚市新宿（しんしゅく）に住まいを移した。妻の百合子は、夫が隣の飼料屋に勤めていることにヒントを得て、卵の店を開きたいと夫に話を持ち掛けた。そして、了解を得ると卵屋を開店した。

広い敷地の中にある飼料屋の店舗やトラック、倉庫などは、畑中家次男誠の所有であった。飼料屋の開店当初から、飼料屋の店と住居には、三男剛の家族が住んでいた。

そもそもこの飼料屋は、開業当初は、中郡旭村にあった。両親と子供六人が暮らす大きな平屋の半農家の軒先で細々と始めたのだが、それを畑中家の長男が、飼料屋を家族の生業にするために東京で勉強してきたので、男兄弟で協力して平塚市新宿で商売を始めることになった。長男は、その後東京で暮らすことになり、平塚の飼料屋の店には、開店以降関わりを持たなかった。それは、長男一人で新しい事業を始めたためであった。

長男の東京移住によって、飼料屋は次男をはじめとする下の男兄弟三人に任された。この店は、平塚市の商店街から少し外れた所にあり、東西に走る県道と南北に走る市道の接する角に位置していた。卵屋の店先は、東西に走る県道に面していて北向きの入口であった。

店の前の道路は、通称「ゴム前通り」と言われていた。その道路の向こう側が、大きな横浜ゴム株式会社だったからだ。戦後、横浜から移転してきた会社だった。

戦前はそこに海軍火薬廠があり、昭和天皇がご来所されたことで名の知れた場所であったとか……。とはいえ、海軍所有の時代から、東西約バス停二つ分の距離に背の高い金網塀が張られ、常緑樹が植えられていたため、中の様子は全く窺い知ることもできなかった。ゴム会社になっても、それは、火薬廠当時と同じようだった。

百合子の卵屋

「ゴム前」の広いバス通りに面した卵屋の北向き入口は、上部は透明ガラス、腰の位置から下は木目調で、スライド式の四枚扉であった。そのうち二枚は、鍵で締めてスライドしないように固定してあった。中央の扉一枚をスライドさせて店へ入ることができた。店内は二坪ぐらいの広さで、床はコンクリートになっていた。これらは、店を開くために六朗の住居の玄関を改装したものであった。店の奥に三畳と六畳の部屋があり、それらが、卵屋夫婦と子供二人の家族の住まいであった。縁側から庭に出ると高さ六〇センチくらいの竹塀が周囲を囲っていた。庭といっても三坪くらいの小さなものだったが……。竹塀は直径三センチくらいの丸竹で作られていて風通しが良いが、鶏も通れないほどの間隔であった。竹塀は、卵屋と飼料屋との境界でもあった。

卵屋の店内の卵の陳列ケースは、バス停一つ先にある八百屋さんから頂いた、リンゴの木箱であった。長方形の長い辺をピタリと寄せて四個、床の中央に並べ、その中にもみ殻を八分目ぐらい入れる。そのもみ殻をクッションにして、箱の中央に生みたての卵を山の形に積み上げた。一山三十個はあっただろう。ガラス戸越しに卵がたくさんあって美味しそうに見えるように飾られていた。それはまた、すぐ手に取れるようにデコレーションされていた。大きさの区別はなく量り売りで、一つから欲しい分だけ買うことができる。計り売りは、家族に必要な量を買えるため、戦後間もない時代、家計に優しい取り扱いであった。

近所の方々も開店から産みたて卵を買いに来てくれた。百合子は、卵が売れ始めたことに感激して、思わず「いらっしゃいませ」と歓迎のあいさつをするのだった。また、支払いが終わると「ありがとうございました」と、それはまるで以前から使い慣れた言葉のようで、とても自然体で感じがよかった。

渋子の詮索

一方隣の飼料屋の事務所は、入口の四枚扉はスライド式で卵屋と同じ感じだったが、中の様子は、何となくほこりっぽくて、餌の入ったふすま袋の匂いがこもっているような空気感だった。飼料屋の三男一家は、二男一女と嫁の渋子の五人。畑中飼料屋の柱となる次男の家族は三人で、夫婦と子供一人。両親と一緒に旭村の畑中本家に住んでいて、新宿にある飼料屋に小型トラックで毎日通っていた。車で二十分ぐらいの距離である。

兄弟で最後に結婚したのは六男の六朗であった。三男剛の嫁渋子は、嫁百合子の経歴を事前に聞いてはいたが、実際に兄弟で隣同士で付き合うことになる前にどんな感じの人かを確かめて夫に報告するつもりだった。

聞くところによると百合子は横浜生まれ。横浜の大学を卒業して造船会社に就職したが、六朗と見合いをして、結婚のためにすぐに辞めたとか。幼い頃は、母親でなく、ねえやに育てられたということだった。

（秦野の農家育ちの自分とはまるで違うお嬢様でないか！　父親が塩問屋の開業者だとか。お金持ちかも？　そういう人が嫁ぐ相手が、戦争しか知らない畑中家の六男で本当に良いのだろうか？　結婚して上手くいくのだろうか？）

渋子は気になってしかたなかった。結婚式で会った時の百合子の第一印象は、背が高いほうで、特段美人ではないが、おとなしそうで品の良い感じの人だった。横浜の塩問屋の娘なら、こんな田舎に嫁に来なくとも別の話がなかったのか？と三男夫婦は詮索するのであった。

実は、六朗の結婚には、飼料屋の次男、誠が深く関わっていた。彼は、田舎の駆けだしの飼料屋にとって、横浜の塩問屋の仕事のノウハウを知ることや得意先を紹介してもらうこと、特に資金援助などで塩問屋の娘を嫁にもらうことは何かとプラスになると目論んだのであった。もちろん渋子は、そのようなことは知る由もなかった。渋子が百合子と顔を合わせるのは、結婚式と義父畑中時次郎の葬儀以来であったから、興味津々であった。

畑中家の兄弟

その時飼料屋は、畑中家の次男誠が、店の経営を長男から大まか引き継いでいた。誠は、責任感が強くて思いやりのある人で親族を纏めるのが上手な、頼りがいのある人であった。

三男夫婦は、百合子が大学出だというので、六朗のいないところで、事あるごとにその見識の程度を確かめるのであった。

「ゴム前」に飼料屋を開店すると、再婚したばかりの次男の誠が、長男に代わって飼料屋全般の経営を主体的に行うようになった。

飼料屋の敷地内に住む三男の剛は、胸を患った経験があり、顔が蒼白く細身で、体力がないように見えた。飼料の入ったふすま袋を担いだり運搬したりする仕事には一見不向きであったたし、本人もそのように公言していた。そこで誠は考えて、剛には事務員さんと店の中で伝票処理などの事務一般を担当することを提案して任せた。剛とは違って、戦争経験が十年もありスポーツマンであった六朗は、体力に自信もあった。年齢も少し若いので、配達に回る仕事になった。

誠は、いつも兄弟に対して公平になるように仕事の分担を考えていた。忙しい時は誠自身もトラックに乗り餌の配達を手伝ったが、どんなに忙しくても剛は事務所の中にいた。

三男の剛は力仕事に非協力的であったたし、兄弟中で最も冷たい感じの人であるように百合子は感じていた。他人の眼にも同じように映っていたようだった。

以前、誠が剛の見合いに、親代わりで付き添っていった時の話である。

見合い相手は、秦野の投資家の一人娘の富美子さん。気立ての良さそうな人で、顔が整った美人だった。両親と、何不自由なく暮らしていた富美子さんは、いかにも神経質そうな感じの剛より、付き添いで来た誠のほうを男らしいと気に入り、剛とは結婚しませんと返事をした。それよりも付き添いで来た誠と結婚したいと言う。次男の誠は前妻を亡くしていて独身だったため、富美子さんと結婚したいと思った。二人の意見が一致して、富美子さんは畑中家の次男誠と結婚することに決まった。

次男の嫁となった富美子は、剛と見合いをした時の自分の気持ちを、百合子にストレートに話した。

百合子の家族

百合子は、思ったことをすぐ口に出せない性格であった。人前で少し臆病なところがあった。お金に不自由なく育ってきた環境は富美子と似ていたが、百合子には、我儘な七歳年上の兄が一人いた。兄の我儘を両親が自由にさせていることも嫌であったが、それより両親が上手くいっていないというか、父親が外に女を囲っていたことが理解できなかったし、認めたくなかった。母親がどうにも家の中で気持ちを静めることができなくて頭痛薬に頼る毎日を見ていた。百合子は、他人に対して心を開けない性格になっていった。家の中には自由で朗らかな会話がなくて、いつも冷たい雰囲気であった。そのような両親の傷ついた関係が、彼女が大らかに人と接することができなくなった理由でもあった。

そんな臆病な百合子が二十一歳になると、父親が結婚話をもちだした。仕事の相手先からだと言って見合いを勧めてきたのだ。そして、相手の写真を見せた。それが畑中飼料屋の六男、畑中六朗であった。十年間の海軍兵隊経験があるというが、一見おとなしそうに見えた。健康的で、年齢は大正五年生まれの三十一歳。畑中飼料屋の最後に生まれた末っ子だという。兄弟三人で、戦前から家畜（牛、馬、ヤギ、豚、鶏）を飼っている農家に餌を配達する商いをしていた。戦後は飼料屋をしているとのことであった。

百合子は大正十五年生まれ。七歳違いの兄義明は美術の専門学校在学中にすでに結婚していて、子供が一人、男の子がいた。妻のアキコと、三人で両親の住んでいる敷地の隣で暮らしていた。兄家族は、生活全般を親に頼っていた。百合子は、そうした兄の態度も理解できなかった。長男のくせに自分のことしか考えていない。長男としての責任感を持ってほしいという家族の期待をよそに、自由奔放な生き方をしていた。満洲の開拓団に加わったものの、想像と違うと言い出して一カ月で帰国したり、「それは無理だ」と言う周りの意見など聞く人でなかった。彼の態度には両親の不仲が影響していたと百合子は思っていた。どうして父親が妾を囲うようになったのか。そのことが家族に大きな悪い影響を与えているのは、事実であった。家族はお金に困らない生活をさせてもらっていたが、父親と妾の問題は誰も承服できなかった。特に母親のイチと、イチの姉妹は不満であった。

百合子の父親、井上義次は、戦時下であっても子供たちに大学進学を勧めた。しかし長男は、大学より美術の学校が良いと言い出した。そして、大学でなく美術の専門学校へ進んだ。長女百合子は、父の言う通り横浜の京浜女子大学へ進学し、卒業した。

明治生まれの母親イチは、十人兄弟の長女であった。イチが幼い時に、すし屋を経営していたイチの父親が脳溢血で倒れると、お金のためにイチは奉公に出された。そのため学校を卒業していなかった。しかし、頑張り屋のイチは、独学で字も書けるようになり、商売に必要な計算、金の勘定もできるようになった。それで、大人になっても不自由なく生活できたという。九人の妹弟からも「姉さん、姉さん」と頼りにされていた。妹弟は皆、戸部、井土ヶ谷、横須賀、野比、三浦など横浜近郊に住んでいたので、女姉妹で仲良く温泉に行ったり着物の交換をしたり、妹弟が結婚後も、家族ぐるみの付き合いを楽しんだ。

独身だったイチが横浜の野毛界隈で小料理屋を始めると、常連客から「野毛の小野小町（美人の代名詞）」とはやされた。イチが結婚したのは大正九年頃である。百合子の父義次は、富山の田舎から出てきて、横浜で塩問屋を開業した。そして、混乱した戦後の世情を冷静に見て判断し、それを仕事に上手く取り込んで商売を広げていった。映画館を二軒経営し、不動産経営も始めた。大手会社の株も取得した。そして塩問屋は横浜塩業株式会社となり、大きく事業を展開し、財産を増やしていった。

六朗と百合子の結婚

義次の商売上手を聞き及んでいた畑中飼料屋の長男も次男も、「ぜひ、うちの六朗とお嬢さんの縁談を纏めたい」と義次に頼むのであった。義次は、「女は、遅かれ早かれ嫁に行くものだ」と百合子に縁談を持ち掛けた。

兄のように逆らえない百合子は、父親にすでに結婚を決められているような見合いをすることになった。写真から見ておとなしそうな人だと思ったが、十歳年が違うので頼りになると期待した。

百合子は、見合いとはこういうものかと思った。

家にいる我儘な兄の存在も嫌だし、父親の意見「女は、嫁に行くものだ」に納得も反発もできないし、何より妾の存在が嫌だった。温かみのない家から離れたかったという大きな理由で見合いをするのだと自分に言い聞かせたのであった。百合子は、結婚以外に逃げる道を考えようとしたが、それすら見いだせなかった。

しかし、本当に結婚するという実感がわいてこなかった。まだ気持ちがはっきりしていなかった。それは、地獄のような戦争がやっと終わって、これから自由で楽しい生活ができると期待をしていたし、男尊女卑の時代も終わるとも思っていたからだった。しかし、百合子に抵抗できる時間などなかった。父親と妾フジによる周到な準備によって、百合子の見合い話は進められた。

そして、昭和二十二年神奈川県中郡旭村徳延の畑中家母屋で、六朗と百合子の結婚式が行われることになった。宴席の祝い膳はすべて百合子の父義次が用意したものであった。輪島塗のお盆の上に、輪島塗のお椀、箸、輪島塗の蓋付き中鉢、お赤飯、尾頭付きの鯛の焼物、紅白のお餅、お煮しめなどなど、畑中家の姑千代が中心となって、近所の奥さん方に手伝って頂きながら祝い膳をこしらえた。義次の弟が輪島塗作家であったことから、相談して出席者全員分の食器類を作ってもらった。その仕事は、輪島塗氏になって以来のとても大きな仕事であったという。

畑中家の八畳二間続きの部屋に、隙間がないくらい大勢の人が集い、盛大な披露宴が行われた。残念なことに、その宴席に百合子の母親イチの姿はなかった。もちろん義次の妾の姿も見当たらなかった。

母は戸籍から籍を抜いていた。井上義次の妻の欄から名前を消していた。昭和二十一年に、母イチは離婚したのであった。百合子は母の離婚の理由を知っていたから、披露宴に来ないのは当然だと思った。後悔といえば、母親に一度も見合い相手の写真を見せていなかったことと結婚の相談もしていなかったことであった。それに、宴席の始まる時、周りを見て、百合子は、はっと気が付いた。田舎の風習とか仕来りのようなものは、今後時間をかけて学んでいくことになるのかなという雰囲気を感じ取った。

横浜の中ほどの戸部本町から、中郡旭村まで二時間以上電車に揺られ、その上バスに乗り換えて、降りたバス停から歩いて花水川の橋を渡り、小川の横の小道を通り過ぎるとようやく畑中家母屋の屋根が見えてくる。

「まあよく、遠くの横浜から旭村までお嫁に来ましたね」

次男の嫁富美子の独り言のような声が口元から発せられている気がした。百合子より二年早く嫁に来ていた富美子。畑中家の家風は、概ね承知済みであったようだった。百合子は、たった一人でも自分と価値観が似ている人がこの家にいると分かって良かったと心から思った。その瞬間、初めて顔に微笑を浮かべた。やっと安心できたのだ。百合子は、富美子とは仲良くなれると感じていた。

畑中家の主人時次郎は寺子屋の先生をしていたが、暇さえあれば相手を見つけて囲碁を打つ毎日であったとか。母親千代は、お針の先生をしていた。暇を惜しまず小さい体でよく働く人だとか。これは、百合子が結婚後に聞いた話である。

姑千代は、力仕事の男所帯に体力を付けさせる食事を出すことを常に考えていた。同時にそれを経済的に作ろうということも考えていた。そのため、裏庭には鶏小屋があり、数匹の鶏が餌をついばんでいた。鶏が産んだ卵は、朝食に、男子だけに配膳する。千代は、飼っていた鶏の羽根をむしり取って鉈で頭をはね、食肉として使える各部位を綺麗にさばくという特技も持っていたとか。しかし、その鶏の解体作業を小さい頃から見ていた六朗は、大人になっても、肉はあまり好んで食べなかった。特に鶏肉は、絶対口にしなかった。末の子供である六朗は、戦争に駆り出されるまで、可愛がられて育った。

旭村での暮らし

百合子が旭村で暮らすようになり、朝、男たちが仕事に出掛けた後、姑千代に頼まれて外へ出ることがあった。

身重の百合子と、次男の嫁の富美子は一歳になった長男一雄（かずお）の手を引いて、畑のあぜ道に落ちている焚きつけになりそうな乾燥わらや、鶏の餌になりそうな草類、はこべ、ヨモギ、せりなどを取りながら姑の陰口を言ってストレスを発散するのであった。

百合子が「実家から送られてきたはずの干物がいつになっても食卓に並ばないのでどうしたものか。不思議だ」と話を始めると、富美子は、「たぶん味噌ダルの中に漬け込んであるのだ」と言う。客人が来た時に利用するためだと聞かされた。

その後一カ月もするとまた横浜から小包が届いた。百合子は、今度こそそれがどのようになってゆくのか見定めようとしたが、またもや姑に雑用を言いつけられた。鶏が今朝産んだ卵を集めてこいと言われたが、お腹も大きくなり始めていたので行きたくなかった。すると、奥の座敷から富美子が半身を乗り出してジェスチャーで、卵を集めに行ってあげると伝えてきた。百合子は、富美子に集めてもらった鶏の卵を姑に差し出しながらその場に腰を下ろした。それでやっと、すでに用意ができている味噌ダルと小包の成り行きを見定める時に遭遇できた。姑は、百合子に何も言わず、無言で手早く味噌ダルの中に干物を押し込めるのであった。

（見た、確かに見た）

富美子から聞いていた通りだった。

百合子は、毎朝の食事に飽き飽きしていた。昨夜の残りの野菜の煮物ばかりで、いつになったら鯵の干物が食べられるのか、こんなことではお腹の子に栄養が届かないと思った。百合子の好みはすき焼きなどの肉食系で、両親の好みと同じであった。横浜の食卓には、沢庵や納豆などは見当たらなかったし、百合子がゴム前に家庭を持ってからも自分の食卓に沢庵や納豆は、ほとんどのせなかった。

百合子のお腹の子を気遣ってくれた人は、主に富美子と横浜の両親であった。富美子は、自分の経験からして百合子にお腹に満足感のある物を食べさせてあげたいと思っていたので六朗に、

「配達の帰りに、大磯の和菓子屋でおはぎを買ってきてほしい」

と頼んだのである。六朗は一つ返事で頼まれてくれた。仕事が終わり帰宅すると何と十個ものおはぎを買ってきていた。富美子は、姑の千代には何も知らせなかった。百合子、六朗、誠、息子の一雄、富美子へ一つずつ配った。が、どんなに美味しくても、夕食後に二つは食べられなかった。富美子は考えて、経木に包まれた残り五個のおはぎをそのまま手ぬぐいにくるんで、軒下に一晩つり下げて

おくことにした。明日も食べることができると考えたからだ。六朗に残した理由を話して、「軒下につるしてあるから」と告げた。

するとと六朗の返事は、「明日になれば、残り五個全部食べてやるから」であった。酒を呑まない六朗は、甘い物に目がないと聞いていたが、その話は、本当だった。

百合子にとって、次男の嫁富美子は、戦友というか、親友以上に頼りになる強い味方であった。そして、無事に旭村徳延の畑中家の母屋で六朗の長男が生まれ、孝男と命名された。昭和二十三年、戦後の第一次ベビーブームといわれる時代のことだ。孝男は、戦後に最も多く生まれた時代の子供たちの中の一人であった。富美子の長男一雄とは一年違いの従兄同士であったので、仲良く遊び、仲良くいたずらをして親を驚かせたものであった。孝男が三歳、妹のユキ子が生まれた昭和二十五年に一家は平塚市新宿に引っ越して、一雄と離れて暮らすことになった。

誠の急逝

次男の誠は熱心に飼料屋の事務所に通ってきていた。飼料の仕入れ先の浜田精麦に出掛けたり、銀行周りをしたり、大学の乗馬クラブに牧草を運んだりと精力的に外回りもした。それだけでなく、事務員さんと遅くまで伝票整理をして、翌日の配達先の確認などの打ち合わせをする日課をこなし、資金繰りにも気を配っていた。また、隣の卵屋の子供たちの顔を見ては、「仲良く遊ぶんだぞ」と言って、孝男にドロップの缶を手渡し、

「一雄も徳延で待っているぞ」

と声を掛けていく優しいおじさんであった。六朗の家族にも気を配ってくれた。

それはそれは忙しく動きまわる毎日であった。そんな状況の中、誠は自分の胃の

調子が何か普段と違う感じに気が付いて、病院へ診てもらいに行った。すると胃潰瘍の疑いということで入院するよう促された。富美子に相談し、「少しでも変な自覚があるなら早く医師に診てもらったほうがよいのでは」ということになった。誠自身は検査入院程度の病気だと思っていたのでさほど深刻に考えなかった。富美子も、検査入院ですぐ帰るからと聞いていた。

誠が不在の間も、六朗も剛も事務員さんも休むことなく、きちっといつものように仕事をこなしていた。三週間が過ぎた頃、事務員さんから良い知らせが届いた。近々退院できそうだというのである。

富美子はもちろん、一雄も、六男家族も、徳延の母親千代も、皆で退院の日は、いつかいつかと気になっていた。大人皆で病院へ見舞いに行った。誠は顔色も良く元気そうに見えた。明日退院できるかもしれないと医師から告げられていた。

誠は、ちょうど病院食にも飽き飽きしていた。どうしても肉が食べたいという欲求に駆られて、富美子に「肉が食べたいから買ってきてほしい」と頼んだ。富美子は、少しなら夕ご飯の時に病院食と一緒に食べてもよいのでは、と希望をかなえてあげた。美味しそうにぺろりと肉を食べた誠は満足して、その晩は、眠れたようだった。

ところが翌朝、肉が胃で消化できなくてむかつくと言い出した。誠の顔はどんどん青ざめていった。医師がベッドサイドに現れた時には、もう遅かった。あっという間だった。誠は、一夜にして亡くなってしまった。誠は胃潰瘍だったのではなく、どうも癌を発症していたようだった。

知らせを聞いた家族全員が耳を疑った。退院することになっていたのに亡くなるなんて。突然の誠の死を信じることができなかった。

しかし、どういうわけか三男の剛だけは冷静だった。事実を冷静に受け止めていたように百合子には思えた。剛の脳裏にあったのは、次男亡き後の飼料屋のことだった。誰とも話し合うことなく、三男の自分が後を継ぐことになる。つまり、店の権利が自分のものになると考えたようだった。

二日後、事務員が来る前に、剛は六朗を事務所に呼び、実印を持ってこいと指示した。

「百合子さんには、話さなくていいから。この書類に実印を押してくれ、頼む、今後悪いようにはしないから」

と念を押した。

六朗は、「悪いようにはしない」と言う兄を信じた。そして、書面をしっかり読むことなく実印を押した。ところがそれは、飼料屋の土地建物の相続の権利を放棄するという承諾押印であった。次男亡き後は三男が飼料屋の全権利を自分の名義にするということだった。

人の好い六朗は三男を信じていたが、裏切られてしまったのである。六朗は、誠が亡くなったことにただ驚くばかりで会社のことまで頭が回っていなかった。

富美子の離婚と一雄

富美子はお腹に二人目の子供を宿していたが、夫亡き後の飼料屋と、自分の立場を心配していた。そして、考えた末に「死後離婚」を決意する。それは、夫の血縁と縁を切ることを意味した。三男の、身内に対する冷酷さを直感で感じていたし、何より彼女の第六感から今後の想像がついていたようだった。追い出されるくらいなら自分から出ていくほうがましだと考えたのだ。まだ幼い我が子一雄が、夫の権利を引き継ぐなんてありえない。でも彼が成長すれば——と一瞬は思ったようだった。しかし、この先も畑中家にしがみつくより、富美子自身もまだ若かったので、下の子を秦野の母親に預けてでも頑張って働こうと考えたようだった。

そして、富美子は第二の人生にチャレンジした。考えた末に、長男一雄を姑一人になった徳延に置いて、実家のある秦野へ帰っていった。

百合子も六朗も、ただ茫然と成り行きを見ている以外になく、言葉も掛けられなかった。富美子は実家に帰り元気な女の子を産んだと聞いた。

一雄は最初、「何で俺を置いていくんだ」と言っていた。でも彼は、立派だった。「おばあちゃん一人じゃかわいそうだから、俺は、徳延で一緒に暮らす」と言い、徳延に留まることを希望した。その言葉を聞いた祖母千代は、涙が出るほど嬉しかっただろう。その後は一雄を慈しみ、大事にして一緒に暮らした。一雄は、その時わずか六歳であった。本当に芯の強い子だった。一雄がおばあちゃんと二人で暮らすようになってからは、卵屋の孝男も、妹のユキ子と一緒によく徳延に行って遊んだものだった。小川へメダカやザリガニをとりに行ったし、川で遊ぶことも何度かあった。また、庭のイチジクの木に登った一雄が、

「登ってこいよ」

と声を掛けると、孝男も後からついていった。一雄がイチジクを採って半分に割り、「お前も食え」と孝男に半分差し出したが、彼は、見た目で自分の好みでないと気が付き、「俺いいよ」と断った。

「何だよ、うまいぞ」

木から降りると、今度は一雄は鶏小屋に入っていき、今朝鶏が産んだ卵を二つ取り出し、一つにイチジクの木の小枝で穴を空けてグイッと一飲みした。

「お前も飲むか？　穴開けてやるから」

しかし、孝男は生の卵を飲んだことがなかった。それで、また「俺いいよ」と断った。二人の食の好みは、全く違うのであった。そばで見ていたユキ子は、ワイルドと普通の違いがよく分かった。三人で畑中家のお墓のあるお寺で鬼ごっこをして遊んだこともあった。一雄は、父親が土葬されている位置をしっかり覚えていた。いつも卵屋の子供たちに、「お父さんの眠っている場所だ」と教えた。それは、卵屋の兄妹が、本当に彼をかわいそうに思う瞬間であった。しかし、三男の剛の子供たちとは、全く遊ばなかった。それは、一雄や卵屋の子供たちより剛の長男の学年が上だったからなのか、一雄たちも近寄らなかった。

一雄は、元気にたくましく育っていった。

怪しい雲行き

卵屋の六男六朗夫婦は、飼料屋の経営について深く関わってはこなかった。日々まじめに仕事をし、徐々に飼料屋の六男としての信用が付いたかな、くらいの甘い考えであった。

六朗はほぼ休日もなく仕事をこなしていたので、家族のことを考える暇もなかった。それでも、暖かくなり桜の季節が来ると、配達の合間をみては、家族でおにぎりを持って花水川土手の桜並木を見に行ったりして楽しんだ。子供の夏休みには、海水浴に茅ヶ崎海岸へ行ったり、夕涼みがてらチャンバラ映画を観に映画館へ行ったりと、少しずつ家族の楽しみを重ねていった。子供たちも少しずつ大きくなっていった。

飼料屋を継いだ三男剛は、「遊ぶ暇があったら仕事しろ」という非情な考えであった。

戦後、平塚市の商店街も一生懸命に町おこしを考えていて、昭和二十六年から七夕祭りを始めた。卵屋にも、街なかにある鰻屋さんから大口の注文が入ってきた。一度に二十個、多い時では三十個の産みたて卵を用意してほしいと頼まれた。六朗は朝早くから農家を駆け巡り、卵を集めた。百合子は、これがちょうど好機かもしれないと考えて、木製の冷蔵庫を買うことにした。氷で冷やすタイプの冷蔵庫である。一貫目（三・七五キログラム）の氷が解けた頃にまた氷屋さんに一貫目の氷を持ってきてもらう。冷蔵庫を買う前は、床下の冷気を利用したりしていたが、冷蔵庫のお陰で卵の鮮度が維持できるようになり、安心してお店に卵を陳列できるようになった。冷蔵庫から卵が出払った後には、肉や野菜なども少し入れることができた。木製冷蔵庫は、小さな台所に置いて重宝して使った。

竹塀の後ろ、境界線の隣側からちらほらのぞき見していた飼料屋三男の嫁渋子は、六男家族の様子を三男剛に逐一報告するのであった。お金の計算ばかりしている三男の剛は、次兄亡き後、自分が飼料屋の全権利を頂くという野望を着実に進めていた。甥の一雄はこれから大きくなれば仕事の戦力になるが、まだ子供だ。次男の嫁の富美子もいなくなり、ますます畑中家三男による飼料屋財産の占有が進行することになった。剛は、飼料屋続きの卵屋の土地も、自分の自由にしたいと考えた。そうなると、この土地にいられて困るのは、六男家族だった。すでに実印は貰ってある。あとは卵屋家族が「ゴム前」から出ていくまで待てばよい――。

剛が、給料、仕事の休日などを決めずに強引に仕事を押し付けてくるようになって、当初聞いていた話と大分違うので六朗も不信に思うようになっていた。六朗は、次兄の誠亡き後は兄弟で飼料屋を経営していくものだと当然のように思っていた。

復員してきた六朗が次男から聞いていた話では、まずはお得意様の農家などの取引先に挨拶回りをすること。自己紹介をして顔を覚えてもらうことなどであった。六朗は兵隊経験が長い。逆に兄たちは、戦地へ出ていったことがない人たちであった。そのため、六朗は、兄から一から商売のいろはを教えてもらうことになった。次兄の勧めもあり、旭村から新宿に越してきて間もなく、三輪トラックを置く物置も卵屋の隣に作った。飼料屋六男としてさらに精力的に働こうと思っていた矢先に次兄誠が急死した。

飼料を配達しないと家畜たちも農家も困るので、六朗は餌を届ける責任を感じていた。喪中で休んだ後はさらに頑張るつもりでいた。

次兄亡き後、最初の配達は、入野にある牛農家の本条さんの所であった。長男の孝男を三輪トラックの助手席に乗せて、ふすま袋を荷台に積み込んで出掛けた。新宿から入野までは、車で追分交差点を右折して伊勢原街道を通って東橋を渡って、そこからすぐだった。そんなに遠くなかった。本条さんの牛小屋のそばの納屋にふすま袋を置いてから、六朗は玄関で奥さんに納品書を渡して帰ろうとした。

後ろを向くと、左脇に孝男が立っていた。奥さんが、

「あら、孝男ちゃんも一緒に手伝ってくれたのね。偉いね」

と声を掛けてくれた。そして、「これ持っていって」と何か入っていそうな白い紙袋を差し出した。孝男は、「ありがとう」と言うと同時に両手を差し出し、白い紙袋をもらった。中にはお菓子が入っていた。このような嬉しいハプニングは、その後もたびたび孝男に起こった。このことは、家族の夕飯時に盛り上がる話題になった。次兄誠の急死後も、飼料屋の仕事は細々と続いた。しかし、以前のようには経営がうまくいかなくなっていった。三男剛の経営方法は、兄と同じでなかった。将来は、飼料屋をやめて、敷地の中にアパートや借家でも建てて収入を得ようと考えていたようだった。

馬糞事件

小さな卵屋の店の前はバス路線で、上りは平塚駅、下りは伊勢原駅方面であった。道路の幅も広く、バスが行き交うのに十分な広さであった。そのコンクリートのバス路線には歩道がなかった。

空気の澄んだ穏やかな日に、外から馬のひづめの音がした。まさか？　ユキ子は、本当に馬が通っているのかどうか確かめに一目散にガラス戸へ駆け寄った。店のガラス越しに見えた。確かに馬だった。そして馬の背が、高くてびっくりした。誰か——人が、手綱を引いているようだった。馬が止まった。そして、間もなくまた歩き始め、馬の姿が見えなくなった。店の前を通り過ぎたその後に、馬糞が店の前に残っていた。ユキ子は、びっくりしてお母さんの百合子に知らせた。

「お母さん大変だよ。馬のウンチが、お店の前にあるよ」

百合子は半信半疑だったが、店の前を見てびっくりした。六朗は孝男と配達に出掛けているので、自分一人で片付け始めた。

バス道路に、何で馬糞があるのだろう。百合子は顔をしかめた。

鶏糞は何度も始末したことがあったし、それは、簡単だった。しかし、馬糞など動物園でも見たことがないし、異臭が強くてどのように片付けてよいやら、お客さんに迷惑のかからないように早く元通りにしないと……と焦ってしまった。

ユキ子は、何か変だなと感じた。近所に馬などいないし、今までにここを通るのを見たこともない。卵屋の隣は自転車屋さん。そのまた隣は、桶屋さん。飼料屋の隣は、自動車修理屋さん。馬は関係なさそうだ。馬の鼻は、追分のほうを向いていた。ということは、伊勢原方面に歩いて帰るのだろうか、農家さんも点在するし。でも、どうやって馬が卵屋の前まで来たのだろう。ユキ子は、ありそうな想像をしてみた。隣の飼料屋の大型トラックに馬を乗せてきた。そして、水と配合飼料を与えて、歩いて帰れば馬にも運動になるし消化にも良いからと言って連れてきたとか……。何だかさもありそうである。でも馬糞は、迷惑至極。先が不安になる卵屋一家であった。

卵屋の竹の塀の外側で、飼料屋の三男の嫁の渋子は、何度も卵屋の様子を覗きに来ていた。ユキ子は、何度かそれらしい後ろ姿を見たことがあった。

立ち退き勧告

ある時、新鮮卵にこだわろうと、卵屋の小さな庭で、鶏を五羽飼い始めた。卵屋の子供たちは、鶏の餌やりを担当した。物置の三輪トラックの後ろに鶏の餌が置いてある。毎日そこから持ちだしては庭に蒔いて、鶏に餌を与えていた。そして朝になると、鶏が産んだ卵を回収してお母さんに持っていく。早起きは大変だけれど、餌やりと卵の回収は、子供たちにはとても楽しかったようだった。

隣の飼料屋の渋子は、朝早くから鶏の鳴き声がうるさいと思っていたに違いない。たびたび覗きに来てはその事実を三男剛に告げ口するのも渋子の役目であった。

卵屋も、徐々にではあるが順調な売れ行きになってきた。街なかにある鰻屋さんからの定期注文は想像以上の進歩だった。しかも卵を配達しなくても、先方が引き取りに来てくれることになった。百合子は、ますます産みたて卵に気を配ることになった。思い切って冷蔵庫を買ったのは、確かに良い決断だったと実感するのであった。季節が変わっても、冷蔵庫によって産みたて卵の鮮度は維持できた。鰻屋さんの出前担当が、店先まで引き取りにきてくれるようになると、帰り際に次の注文数と取りに来る日を教えてくれた。「本当にありがとうございます」と深々と頭を下げる百合子であった。

下の娘のユキ子が小学校に入学する頃には六朗も順調に畑中飼料屋の六男としてお客さんに顔を覚えてもらえ、少しずつ信用が付いてきたと感じていた。

ある日突然、竹塀の外側から渋子が、「百合子さんいる?」と突然大きな声を掛けてきた。何事かと思い庭に出ると、塀の外側から手を伸ばして売掛金のリストを手渡してきた。「これを回収してきて。『その金は渡すからこの場所から立ち退いてほしい』とうちの剛が言っている」と話を始めてきた。意味がよく分からない百合子は、返事をしなかった。

夜、仕事が終わって帰宅した六朗に、渋子から言われたことを話すと、六朗は、以前、実印を押すように強要されたことを百合子に話した。二人の話をまとめて、やっと話の意味が繋がった。三男の剛が何を言いたいかが理解できた。つまり、「飼料屋の権利は六朗にはないから、卵屋を店じまいしてゴム前から出ていってくれ」ということだった。法律上は、卵屋の場所も飼料屋のものだということだ。

売掛金のリストを確かめると、全部平塚市外からの発注であった。百合子が一人で集金に行くとなると、電車バスを使って交通費もかさむし、大変な回収作業になる。

（何てひどい話だ）

六朗は怒りが込み上げてきた。馬鹿にするにもほどがある。富美子が離婚して出ていくわけも納得ができた二人であった。戦地で命を懸けて戦ってきた六朗のはらわたは、煮えくり返った。

「俺がいなくなったらこの飼料屋は廃業だ。よくもだましたな」

六朗は、力ずくでも怒りをぶつけたかったようだった。

「やられたらやり返すぞ！」

六朗の海軍魂が、再び燃え上がるようだった。

百合子は、父の囲い妻のフジによる父の財産搾取を経験してきた。本当に悔しい思いをしてきたが、まさか自分の人生で二度も同じように財産搾取の目に遭うのかと、情けない自分の運命のようなものを感じていた。百合子は、他人以下の態度を示すような身内とは付き合いたくないし顔も見たくないという気持ちだった。富美子のようにさっさと縁を切ろうと思った。夫の六朗も考えは同じだった。

子供たちも転校しなければならない。その前にどこへ引っ越すか？　百合子の頭によぎったのは、母イチのことだった。

横浜へ

母イチが父と離婚後、横浜南太田で雑貨屋を商いしていたので、百合子はその手伝いをしようと考えた。父に話せばまたフジがしゃしゃり出てくる。それよりも母に相談したほうがよいと思って、わけを話した。イチは、百合子が雑貨屋の手伝いをすることを歓迎したのであった。

百合子はすぐに学校に転出届を出しに行き、担任に会って詳しい話をした。どの先生も「大変ですね」と快く転校先の学校にも連絡を取ってくれた。特に下の子は二年生になったばかりなので、担任の先生は、「勉強頑張ってください」と親子にエールを送った。二人の子供たちは、横浜市南区にある南太田小学校へ通うことになった。

新たな住まいは京浜急行のガード下の借家二部屋であった。百合子が歩いて母イチの雑貨屋を手伝いに行くのに都合の良い場所だった。子供たちは部屋を見てびっくりした。日差しが届かないどころか、窓がなくて外が見えないからだ。いつも蛍光灯をつけていないと、明るくないどころか何も見えない。それと電車が通るたびにガタガタン、ゴトゴトトーンという音が、体中に響く。ここで本当に寝るのか？　寝られるのか？　心配になった。でも、寝るしかなかった。

一番の問題は、六朗の仕事探しであった。百合子は、父義次に頼りたくなかった。囲い妻のフジが馬鹿にして口出ししてくると想像したからだった。百合子は、あの人の顔も見たくないという心境だった。六朗は、慣れない横浜で毎日毎日、朝から晩まで足が棒になるまで一生懸命仕事を探し回った。しかし、適職にたどり着かない。焦りもあったのだろう。仕事が見つからない日が続いた。

子供たちは勉強に付いていけないことを理由に、遊び相手を探すのに夢中だった。クラスの皆は仲良くしてくれるけど、平塚の近所の友達みたいに遊べない。

まだ、よそ者だと感じていた。ユキ子は、おばあちゃんの店の前にある映画の張り紙を見た。そして、おばあちゃんから映画のタダ券二枚を貰って、友達を誘って映画館へ行こうと考えた。友達と仲良くなるきっかけがほしかったのだ。横浜の子供は、平塚の田舎の子より進んでいた。返事は早かった。

「お母さんに聞いたら、行ってもいいって」

了解を貰い、二人で大人の映画を見に行った。映画鑑賞の後、友達関係は非常に親近感が出てきた。友達が、「家で遊ぼう」と言ってくれた。でもやっぱり平塚の友達のほうが気を許せるし、一緒にいて楽しいなと思った。夜になっても勉強が手につかない。お母さんもお父さんも子供たちも、夜寝るだけのために高架下の部屋へ帰ってくる毎日であった。そして、京浜急行の列車の行き交う音、ゴットン、ゴトゴトトーンの音にも、いつの間にか慣れてしまった。

六朗は、三カ月経ってもまだ仕事が見つからなかった。悩みに悩んだ末、自信がなかったけれど、試しに綺麗な材木を担がせてもらった。山から伐採してきた木材を加工して綺麗な四角い形になった材木を、運搬用の船に移し替える仕事だった。ここで一カ月を目安に働かせてもらうことになった。仕事が終わると汗だくで銭湯へ寄って、汗を流してから帰宅する毎日だった。以前のふすま袋と違い、材木はとても重たかった。疲れ方も三倍四倍になった。今後ずっと続けられる仕事ではないと感じていた。百合子も、何か不安に感じていたところであった。

六朗が左肩に違和感があると言い出した。子供たちと皆で見てみると水泡が左肩にいくつもできていて、帯状疱疹のような感じがしたのですぐ皮膚科に行くことになった。翌日、六朗は、仕事を休んで皮膚科に出掛けた。薬を処方されて数日後、だんだん治ってきた。そして仕事先に休んだわけを話した。社長が、毎日休まず来てくれたからと言って、働いた約一カ月分のお給料をもらうことができた。やはりこの仕事は無理だと思い、一カ月限りでやめさせてもらうことにした。百合子も子供たちも横浜での仕事探しは、大変だと感じていた。六朗は帯状疱疹もすっかり治ったので、また、仕事探しを再開した。毎日歩いて探し回った。しかし、やはり見つからなかった。またもや一カ月無駄になってしまった。

交通量の多い歩道の端で市電が通るのを見ていて、六朗はふと思い出し、気が付いた。材木運搬していた時に聞いた、港湾労働というその日に着いた荷物を運ぶ仕事があることを。体もほぼ帯状疱疹前に戻ってきたので、市電を乗り継いで横浜港へ行ってみることにした。外国からの船が着岸すると荷をトラックに積み替える仕事だった。小麦粉の入った紙袋なら肩を痛めないで担げると思い、仕事をしてみることにした。

積み替え仕事が終わると日当をもらった。電車賃と昼食代とタバコ一箱に使うと、残りは小銭だけだった。この先どうするか、三日後に考えようと思った。

二日目も布袋の積み替え作業だった。袋の中身は、よく分からなかったが、それほど重くなかった。仕事が終わるとまた、日当をもらった。昨日とほぼ同じ金額だった。電車賃と昼食代とタバコ一箱で残りは、小銭だけだった。

三日目の帰り、仲間に誘われて三日分の小銭を持って彼らの後をついていった。

そこは、パチンコ屋だった。

「いいか、これから小銭を何倍にできるか？　パチンコ台のバネと右腕次第だ」

と一人が、意気揚々と中に入っていった。

なるほどと感心しながら後をついていった。常連の一人が、良さそうな台を見つけるや、

「畑中、お前これにするか？」

と指示してくれた。「よし」と椅子に座るや、換金した銀球の入ったトレイの中身を全部注ぎ口に入れた。常連の彼は、六朗の肩をポンと叩くと近くの台の前に座った。六朗が子指を掛けて親指でレバーを一度ピンと弾くと、銀球はクルクル回り吸い込まれるように釘を擦り抜け、あちこちの穴に入っていく。するとジャラジャラとけたたましく注ぎ口に銀球が増えて戻ってくる。あっという間にトレイから溢れそうになった。同じ列で見ていた彼が、

「畑中、溢れる前に現金に換えてこいよ」

と換金場所を教えてくれた。

パチンコは初めてではなかったが、こんなに出たのは、驚くほど珍しい日だった。六朗は、三日と言わず、この線で行くのも悪くないかと思い始めていたようだった。

しかし、柳の下にドジョウはいなかった。港の仕事も同じような荷物ばかりではなかったし、パチンコで儲けたお金は、半年足らずで底をついてしまった。やはりギャンブルでは生活費は稼げないことに気が付いた。結局、横浜での仕事探しには一年近くを費やしてしまった。

横浜は、住みにくい。平塚のほうが慣れているので住みやすいという暗黙の家族の意見が見え隠れしていた。その時、横浜生まれの百合子が、口火を切った。

「やっぱり平塚へ帰ろうか」

子供たちも帰りたいという結論になった。横浜に来た時と同じように、三輪トラックの荷台に家財道具を乗せて帰ろうか？　やっぱり帰ろう。

そして、平塚に帰ることに決まった。

百合子の母イチは、引き留めても帰るだろうと予想していた。寂しさが込み上げてきたが、何も言えなかった。そして、心の中で、娘と孫たちが住まいを見つけて落ち着いた頃、お土産でも持って平塚へ遊びに行こうと気楽に考えた。そう考えるよりほかに道は開けないと思った。幸運にもイチの店は駅のそばで人通りの多い場所だった。お客さんも多かったのでほとんど休むことはしなかったが、長くお付き合いのあるアルバイトに店を任せることも可能であった。

百合子は、平塚駅の近くの不動産屋を何軒も尋ねて歩いた。子供たちの学校がどこになるかも気がかりだ。やはり家を見つけて、次に学校の転校転入手続きになると考えた。

六朗は、今度こそ自分に合った仕事を見つけることが要求された。妻も子供たちも皆で心配している。四十歳を目前にした六朗は、仕事が見つかるのか本当に心配であった。

平塚の「ゴム前」の住所は、駅へのアクセスも便利であったし、夏休みに家族で街なかの映画館へ映画を見に行くのも歩いていける便利な場所であった。バス通りに面していて乗り降りする停留所も近かったので交通機関の不便はなかった。それらを考えると、百合子はどうしても以前のような便利な場所で、商店街に歩いていける場所に住みたかった。そうすれば学校も前と同じ所になるかもしれないと思ったからだった。だが、そんな都合の良い所が簡単に見つかるわけがなかった。そういう所は、土地も広く値段も高いため予算に合わない。理想的な物件はやはり値が高い。

百合子が夫に相談すると、飼料の配達でよく行っていた伊勢原街道沿いを提案された。農家が多くあることも承知していた。ゴム前から比べたらかなり不便だが、そのうち開けるだろうと言う。車に乗れるのは六朗だけだから、交通手段は、主に自転車とバスになる。

結局、伊勢原街道沿いの近くの平塚市中原の住まいに決めた。学校に近かったし、中古の家で、金額的にも何とかなりそうだった。ただし、周りを見ても芋畑ばかり、農家ばかりであった。メインの伊勢原街道のバス路線沿いにある商店は、八百屋、魚屋、肉屋、駄菓子屋、どれも一軒ずつしかなかった。

子供たちは、バスに乗って新宿の二宮さんの所へ遊びに行きたいと言い出した。卵屋のあった所のそばである。百合子は、バス代を手渡した。やっと住む家が決まり、子供たちの学校も近くに決まり、まずは、ひと段落であった。

再び平塚へ

日が暮れて、六朗が平塚駅からバスで帰ってきた。まだ引っ越し荷物が散乱していて、どの部屋も座る所を探すようなありさまであったが、台所で水を沸かしてお茶くらいは飲めた。

何だか六朗の顔がスッキリして見えた。聞けば、笑顔で、

「仕事が見つかった」と言う。

平塚駅前をバスターミナルまで歩いていると戦友の岩さんに会った。岩さんに「俺の働いている会社へ来ないか」と誘われ、駅のそばにある事務所へ連れていってくれた。社長に紹介されて、会社もちょうど社員を募集していた。岩さんの紹介なら信用できるからと、即入社となったという。

「明日から仕事に出掛けるから」

何と早く結論が出たことか。その会社は、湘南交通というタクシー会社だった。

「戦友が細かいことは話してくれたので、会社側は歓迎してくれた。簡単だった」

と喜んで帰ってきた。ただ給料体系が決まるまでは出来高制と言われた。事故を起こさないようにしないといけないとか。神経を使いそうだが、六朗は、運転には自信があったようだった。というのも、戦争中、海軍で第二十期自働車講習員を卒業していて、軍隊で上官を乗せて走りまわっていた経験があったからだ。上官はいつも名指しで、「畑中！　お前が運転しろ」とよく言った。「お前の運転なら安心できる」とも言われていた。それらのことを戦友の岩さんが社長に話してくれたのかなと六朗は思った。

（よし、昔を思い出して頑張ろう）

平塚に戻ってきて、「捨てる神あれば、拾う神あり」を経験した。しかし、家計を預かる百合子としては、お金、収入の面で不安があった。自分も何か仕事を探さなくてはと考えた。平塚市の広報紙を見ると、平塚競輪場でパート職員を募集していた。配属は、競輪場の当たり券の払い戻し部署であった。とにかく試験を受けてみようと思って受験すると、運よく受かった。一カ月に六日間から九日間の仕事だったので、それ以外の日は、少し余裕ができるかもしれないと思った。中原に越してきて、庭に草花を植えることもできるようになった。

父親の義次が、誰から聞きつけたか知らないが、ある日突然中原の家に来た。富山のサカタの柿だと言って、苗木を庭に植えていった。大した話もせず、お茶を一杯飲んで、子供たちが学校から帰って来る前には横浜へ帰っていった。その後数年して、日当たりの良い庭でその柿の木は、すくすく育ち、甘くて大きな実をつけ始めた。それは、市販の柿より美味しかった。

百合子は、毎年肥料をやり手入れを欠かさず行った。大きな台風にも見舞われたが、昭和、平成と、それはたくさんの甘い実をつけた。子供の知り合いにもたくさん分けてあげると、甘くて美味しい柿と褒められた。

平塚の中原へ越してきて半年もたたないうちに突然、徳延の姑千代が訪ねてきた。庭があるなら植木をやるから取りにおいでと言うのであった。

「ろく（六朗）は、勤め始めたようだね」

千代も心配していたのだと百合子は思った。一度横浜に越したことも聞いていたようだった。ということは、三男の理不尽な態度や卵屋追い出し事件も承知しているはずだと思ったが、百合子は、その話を口に出すことはしなかった。三男夫婦の顔など想像したくないし、ましてや話題にしたくなかった。千代は、孫たちに庭で採れた柿や栗を持ってきてくれた。

子供たちは、気になっていた。年を取ったおばあちゃんが、中原の家まで、どのようにして徳延の家から来たのか？　すると、飼料屋の三男剛が途中まで軽トラックで送ってきたということだった。六朗を知っている人が、伊勢原街道そばに六朗が住んでいると三男に話したのだろう。そういえば、中原の家の周りには農家が点在している。子供たちは、お父さんも以前はこの辺に配達に来ていたことがあるのだ、と思いを巡らした。
千代は、帰りは歩いて徳延まで帰ると言った。「一雄が待っているから」と。そして、「一雄は、勉強も飼料屋の手伝いも頑張っている」とも言っていた。弟に実印を押させて「出ていけ」なんて言わなければ、仲良く、おばあちゃんも仲間に入れて皆で親戚付き合いができたのに……と、六朗と百合子は、おばあちゃんの今後を心配するのであった。

それとは別に、横浜に住んでいた百合子の母イチは、たびたび電車からバスに乗り換えて中原の家に泊まりに来た。イチはテレビを見るのが好きで、遊びに来ると「銭形平次」をよく見ていた。また、「おごるから、昼食に天丼の出前頼もうよ」とよく言っていた。バス停二つ手前の天ぷら屋さんへ電話をするのは、いつも孫たちだった。孫たちは、横浜のおばちゃんが来るのを楽しみにしていた。

その後の飼料屋

六朗も頑張って働いて、百合子もパートで働いた。中原に越して来た翌年の秋には六朗の勤める会社の家族旅行に皆で行くことができた。

いっぽう、六朗家族がいなくなった飼料屋には、ふすま袋を担ぐ人がいなくなった。飼料屋の子供たちは学校が忙しいと手伝わなかったようだったし、しばらくは一雄が細々と手伝ってはいたが、時代は変わり、農家も家畜を維持するのが難しくなってきたことで、飼料の需要も減っていった。いよいよ店じまいになる日が来るようだった。事務員も、仕事の動きが止まってきた頃に早めに退職していた。

「俺がいなくなったらこの飼料屋は廃業だ」

六朗が卵屋を最後に出ていく時に言った一言が現実になった。

戦後、兄弟で始めた畑中飼料屋はこうして店を閉じた。そして二度と店を開くことはなかった。昭和四十二年頃のことだった。


小さな卵屋の兄妹の育った場所は、すっかり変わってしまった。三輪トラックと物置、卵屋の店と住まい、鶏がいた竹塀。皆取り壊され、二階建てが四軒連なる一杯飲み屋街に変わった。それぞれ屋号が違うのれんが掛かっていた。どうも借家風だった。

元飼料屋の親戚については、必然的に情報が、風の便りにも耳に入ってこなくなっていった。

兄弟の子供たちのその後

元卵屋の子供たちは、両親の希望で高校を卒業してすぐ就職した。子供に掛かる特別な出費もなくなったので百合子も六朗も少し経済的に楽になってきた。高度経済成長期に入り、給料を自分で使うことに夢が膨らむ時代になった。家庭でも、氷の冷蔵庫から電気冷蔵庫になった。音楽をステレオで聴いたりテレビを観て欲しい物を見つけたり、ローンで新車を買って横浜のお祖母ちゃんを送迎したり、家をリフォームしたり、慌ただしく歳月が過ぎていった。家族皆でよく頑張って働いた。

一雄は、孝男が高校を卒業する頃、

「将来、飼料屋を始めようと思うが、お前はどうする？　一緒にやらないか」

と、孝男に聞きに来た。孝男は卒業後の就職先がほぼ内定していたし、父親の苦い経験を思い出して、

「俺は、サラリーマンになるつもりだ」

と、ためらいもなくノーと返事したのであった。

その後、一雄は、農家でアルバイトをしながら夜学へ通った。徳延で、三男夫婦の助けもなく、祖母千代が亡くなるまで面倒を見た。大学を卒業してからは農家の借家を借りて一人で住むようになった。父との思い出がある飼料屋を、自分一人で始めようと考えていたからだ。そして、間もなく父親の名前を一字貰い「誠信商店」という有限会社を苦労して開業した。

一方の孝男は、高校を卒業して、自分の給料を自由に使えるサラリーマンになった。中古のスポーツカーから新車へ、最後は高級車に……と夢見ていた。そして、歳を取ったらまた、一雄と昔みたいに一緒に温泉のような所へでも行きたい

なと心密かに考えていた。

二人とも立派な大人になった。その後、一雄も結婚して、社長として立派に従業員を束ねた。会社を大きくして、大手業者の招きで外国の農家とも取り引きするようになった。

サラリーマンになった孝男も結婚し、工場長にまでなった。定年少し前に本社勤務となって、その後、立派に退職を迎えた。

ユキ子も、高校卒業後に横浜の関内の会社に就職した。その会社は、祖父義次が株を取得していた一流企業だった。

昭和四十五年、一年間の研修期間が終わってやっと配電課に配属が決まった頃、机の電話が鳴った。交換台から「畑中ユキ子さんに、外線からです」と言われ、電話を受けると、祖父だった。

「横浜銀行本店で待っているからお昼休みに来なさい」

と言うので、歩いて十分足らずの距離だったこともあり、お昼を後にして早足で事務服のまま出掛けた。暑い夏だった。

祖父は、銀行エントランスのそばで待っていた。

「孝男には車を買う時に援助したけど、お前には何もしていなかったな。これをあげるから自分で管理しなさい」

と、祖父から通帳一冊を手渡された。

その場で通帳のページをめくるのも気が引けたので、「ありがとう」と言って、「お昼休みは、一時間だから」とさっさと会社に早足で戻った。

ユキ子は、家に帰ってから通帳一段目の金額を見て考えた。母に食事代として毎月給料の三分の一を渡すことにした。百合子は、「悪いね。助かるわ」と言って喜んだ。その後、祖父と父母には、湯河原にある会社の温泉保養所の家族利用券を何度も使わせてあげた。

ユキ子は、会社に八年間勤め、出産のために退職した。

平成になって十数年がたった頃、畑中家のお寺の住職の指導の下、一雄の父である畑中家の次男誠のお骨を拾い集めて、一雄が施主となって新たに別の寺に畑中家の墓を作ることになった。するとその後まもなく、秦野で妹と住んでいた母富美子が九十歳を過ぎて亡くなった。一雄は、両親を自分の作ったお墓に一緒に葬ることができた。彼の長い間の悲願であった。

その大きな仕事を終わらせた三年後、冷たい小雨の降る中、畑中一雄は、事務所兼自宅のほんの数メートル手前で、心臓発作で倒れて亡くなってしまった。平成十九年、六十一歳を過ぎた頃だった。

六朗の死

六朗は湘南交通へ勤め始めてから、生活サイクルを整えながらほとんど休まず勤めていた。酒が飲めなかったので、社員同士のコミュニケーションを良好にするために太陽の下で体を動かそうと、スポーツで社員同士の交流を提案した。社員皆でソフトボール大会をするのはどうだろうか？　若い社員の人たちが全面的に賛成してくれて、始まった。六朗はいつもヒットを飛ばしてチームの勝利に貢献した。ソフトボールでのヒット数は、六朗の右に出る人はいなかったという。そしてゲームが終わると、お酒を飲める人も飲めない人もお腹の足しにどうぞと、六朗の好きなおはぎをふるまった。百合子は、重箱にぎっしりおはぎを詰めて持たせた。汗を流した後で、皆のお腹の足しになったとか？

仲間の一人から、次はバーベキューもいいかもしれないと意見が出た。皆で楽しく続けられるように意見を出し合うことになった。寒い冬はおでん鍋やバーベキュー、お酒も加えてなど親睦を深め、仲間同士の絆が深まったようだった。

軍隊に十年もいた六朗には、いつになっても軍隊魂が残っていた。会社の規律を守ることには口うるさい、筋の通った中堅社員になっていった。新入社員の教育係は得意のようで、筋金入りの安全運転教官だった。皆からの信頼も厚く、新人教育には社長も出る幕がなかったとか。安全運転に定評があったので、色々な会社からご指名が来るようになった。

また、平塚警察署から無事故無違反の表彰状を入社五年目に、それから入社十年目、入社十五年目にも表彰状を頂いたそうだ。六朗の運転スキルは高く評価された。しかし、定年近くになると、体の衰えは、年々増していった。四十歳過ぎから第二の人生が始まり、いくら軍隊で鍛えた体でも、歳の衰えには逆らえなかったようだ。六朗は、六十歳の定年を前にして、心筋梗塞で自宅で亡くなった。

一人になった百合子は

夫を亡くしたショックで何も考えられなかった百合子だったが、それから数年後に大平正芳総理が在職中に心筋梗塞で亡くなり、日本中が大騒ぎになった。総理の死因が夫と同じ病名だったことから仕方のないことだったと、六朗の死も諦めることができた。それからはパートの仲間と仕事でおしゃべりをして、悲しみを紛らわせる日々であった。平塚競輪場の勤めを続けていた百合子は、仕事の間違えも少なかったので皆からの信頼も厚く、口数も少ないので女性特有の諍いが起きないし楽しく仕事ができると欠かせない存在になっていった。百合子は、お世辞でもそう言ってもらえて嬉しかった。

有志仲間とはよく旅行に出掛けた。春と秋の旅行シーズンは忙しかった。一泊二泊、その時々により団体バスであったり予約電車であったりした。仕事仲間と旅行仲間、いつの間にか多くの友達と関係が深まっていった。

夫が亡くなってからも、競輪場でパートの仕事は続けた。それほど苦にならなかった。歩いて七～八分の場所にユキ子が住んでいたので、家から出掛ける時は、いつも火の始末や玄関の鍵の閉め忘れがないか確認してもらっていた。ひと月に二週間足らずの仕事でも休みたい時もあったが、もう少しで定年だと思うと頑張ることができた。六十歳で定年であったが、もう少し勤めたい人は、過去の勤務状態により六十三歳まで勤めることができた。

夫が亡くなる前、昭和五十年に、孝男は嫁の実家近くに家族で引っ越した。百合子は昭和六十三年に退職してしばらく一人暮らしをしていたが、古い家なので上下水道の具合が悪くなり心配していた。業者にそこだけ修理を頼んでも、これからも修繕に時間とお金は掛かるので、新しく家を建て替えたいと思っていた。初めに孝男夫婦に相談したが、理解してもらえず、やめたほうが良いと言われて話が進まなかった。

妹夫婦からは、「自分のできる範囲で対応できたら良いし、そういう大工さんを頼めば？」と助言があったので、建て替える方向で考えていくことにした。

娘のユキ子は、「一大イベントだから、一雄さんにも相談してみるわ」と言って、従兄の一雄に兄夫婦の意見を伝えた上で、建て替えの間荷物を保管する場所がないし、半年くらいの間どうすればいいか不安だと相談した。

「叔母さんが、自分で建て替えたいと言うんだからやらせてあげればいいだろう。家の会社のコンテナが一つ空いているから、それを使えば荷物が入るだろう。叔母さんはユキ子の家に寝泊まりすれば解決するだろう」

一雄の聡明な解決策により、百合子は無事に平成七年に家を建て替えた。新しい家の二階二部屋にはユキ子家族三人に住んでもらうことになった。

台所はユキ子に任せて、百合子は庭の草むしりや草花の植え替え、柿木の落ち葉の整理などガーデニングに精を出した。それが仕事みたいになっていった。整理整頓好きで、空き箱やしばらく使っていない物など、いらない物はすぐ捨てる。

友達のうちの一人が、腰を痛めて入院した。その後、退院して電話があった。

「もしデイサービスに行くことになったら、同じケアマネジャーにお願いすれば一緒の介護施設に行けるわよ」

電話の彼女は、要支援から要介護一になったという。その頃になると、元職場の有志による旅行計画もしばらく間が空くようになり気になっていた。また、旅行有志の仲間が一人また一人と年ごとに不参加になる。皆年を取ってきたので仕方のないことだと思った。

いつしか旅行有志からの話が途絶えると、仕事仲間だった二人から「三人で湯河原の温泉に行かないか」と近場の温泉旅の誘いが来た。もちろん一緒に行くと返事をし、平塚駅で待ち合わせて一泊二日の温泉旅行に出掛けた。その後も歌舞伎を見に行かないかと誘われて行くことに決めた。帰りにはできたばかりだという東京の新名所、お台場に寄って帰ってきた。お台場は若者の行くような所だったが、気の合った友達と気兼ねなくたまに電車に乗るのも楽しいものだった。

遅く帰ってきても食事はできているし、お風呂も入る準備ができているし、友達と外へ出掛けることがとても楽しかった。その後、週一回は友達三人で出掛ける計画を立てて家族に了解を貰い、遠くは東北角館の桜見物、四国の道後温泉など、近くは鎌倉見物、箱根の温泉も隔月で出掛けた。江の島水族館など近くの場所は、日帰りで毎週よく出掛けた。冬場は湯河原温泉に毎月二回通った。歌舞伎見物の後は浅草で食事もした。出掛ける頻度は、若者顔負けだったようだ。

望まぬ再会

元気だった百合子も、八十歳近くなると、商業施設へ車に乗せていってもらい自分で気に入った物を選び、買い物をする程度の体力になってきた。不整脈という診断を受けた頃だった。

そこでケアマネジャーに「友達の鳥海さんと同じ介護施設に行けますか？」と電話をした。その時百合子は、要支援一となっていた。どのような人が利用しているのか見学に行った。千差万別の介護状態だった。見た目では年齢もよく分からなかったし、知っているのは鳥海さん一人だけと思っていた。そして週二日、火曜日と金曜日にデイサービスに通うことになった。初めて参加した日は、職員が紹介をしてくれることになっていた。百合子は、テーブル端のほうでこちらを見ている人に気が付いた。その人は手招きをして百合子を呼んでいる。彼女は、歩くのが困難なようであったため百合子がそばまで行った。するとその人が、

「卵屋さんをやっていた畑中さんでしょ？　私、布団屋の柏木です」

と言うのでびっくりした。

「まあ、そう言われれば、八百屋さんの隣の布団屋さんの柏木さんですね。まあ、ちっとも昔と変わりませんね」

と、二人で懐かしく顔を見合わせるのであった。まさかこんな所で、介護施設で昔の商売を思い出すことになるとは想像もしていなかった。でも柏木さんでよかった、と百合子は思った。安心感があった。介護施設の中には認知症の人もいると聞いていたから心配になっていた。百合子はしばらく柏木さんの隣の椅子に座って、施設に来た頃の話を聞いていた。

職員さんがやってきて、百合子を皆に紹介した。

「今度皆さんの中に入られる、畑中百合子さんです。中原のほうから来られまし

た」

「皆さんよろしくお願いします」

「畑中さん、柏木さんとお知り合いですか？」

職員が訪ねると、柏木さんが、

「昔、うちの布団屋を利用していただきました。それで見覚えありました」

と話してくれたので、百合子はそれ以上付け加えて話す必要がなかった。

昼食の時間になった。また席が変わった。すると、どうも隣に座った人が同じことを何度も聞いてくる。

「お名前は？」

「さっき言いました」

するとまた尋ねてくる。

「お名前は、何と言いますか？」

「畑中です」

「ああ、畑中さんね」

本当に分かったのかなと百合子は思った。しばらくするとまた、

「お名前は……」と聞いてくる。顔つきは普通に見えるのに、これが認知症というものなのかと、百合子は初めて知ったのであった。

食事が終わり、百合子は柏木さんの座っているそばに行って、

「次はいつ来ますか？」

と話しかけた。すると柏木さんが言った。

「畑中さん知っている？　ここの三階に、飼料屋だった畑中渋子さんが住んでいるのよ」

「ええ？　本当ですか？」

そして柏木さんは続けて、

「それがね。一人でいるのが、退屈なんじゃないかな？　週二日、下のデイサービスに下りてくるのよ、カラオケやりにくるみたいよ。いつ下りてくるかは決ま

ってないみたいだけど、マイク持ったら離さないみたい。カラオケ習っていたと言っていたけど……」

百合子は嫌な感じがした。まさか同じデイサービスにいるとは。平塚市内に介護施設は数あるのに、因縁なのか、よりによって一番会いたくない人がいる介護施設に来てしまったとは……。

百合子は渋子に自分の存在を知られたくなかった。渋子は、百合子と違っておしゃべり好きで過去のことを自分勝手に話すタイプの人だから、何を言い出すか分からない。百合子は話を聞くのも話すのも嫌であった。会いたくなかった。

ところが案の定、職員に付き添われて渋子が車椅子でエレベーターから降りてきた。開口一番、

「三浦さん。私は、『ゴム前』の億万長者なのよ」

職員の三浦さんは、何を言いたいのか理解できないようで黙って車椅子を押していた。三階の職員から引き継いだデイサービスの職員に替わると、車椅子を押

す担当にも同じように「ねえ、私、『ゴム前』の億万長者なのよ」と言った。
（介護施設には高価なネックレスや指輪を着けてこないように
と、初めに説明書きをもらったはずだし、お金の話も控えるのが当然なのに。
百合子は、家族が渋子に注意事項を教えていないのではと想像した。子供が三人
いたはずだが、誰も面倒を見ていないのではないか。渋子は、そばで義理の妹が
聞いていることにも気付いていない。顔を合わせたら何を言い出すか分からない
し、億万長者と言い出すくらいだから自分で作り話でもべらべらと話し始めるだ
ろうと想像がついた。
百合子は、家に帰り、一晩考えて介護施設を変更しようと思った。そして、ケ
アマネジャーに頼んで自宅の近くにごく最近できた施設に変えてもらうことにし
た。
令和元年、畑中百合子は自宅のそばの介護施設から帰宅後、翌朝自宅のベッド

の上で九十三歳の生涯を閉じた。令和に入ってすぐのことだった。夫の六朗、兄義明、兄嫁アキコ、甥の一雄、一雄の母藤原富美子らはすでに故人であったし、畑中家の三男剛は、甥の一雄より後に亡くなったと風の便りに聞いた。
　百合子の親戚縁者の多くは、皆遠い昔に亡くなっていたことになる。

　三男の嫁の渋子についてのその後は、分からない。

おしまい

戦後復興から高度成長期と時代が急速に進歩した時代に遭遇した飼料屋と卵屋家族の話は、どこにでもある一般的な話ではないと思うが、彼らの生きざまに何かを感じていただけたら幸いである。

著者プロフィール

冨岡 幸子（とみおか さちこ）

1950年神奈川県生まれ。

商業高校卒業後、企業に就職。1977年から専業主婦。

2000年、我が家にデスクトップパソコンがケーブル接続された。学生時代に英文タイプ検定２級を習得してあったので文章を書くことが容易になり、パソコンで楽しく友達とメールの交換をするようになった。スカイプ機能を使って、夜の時間帯に英語圏の人たちとテキストチャットを楽しんだ。50歳頃には、オーストラリアとニュージーランドでホームステイもした。

飼料屋と卵屋は、昔、家族だった

2023年12月15日　初版第１刷発行

著　者　冨岡 幸子
発行者　瓜谷 綱延
発行所　株式会社文芸社
〒160-0022　東京都新宿区新宿１－10－１
電話　03-5369-3060（代表）
03-5369-2299（販売）

印刷所　図書印刷株式会社

ISBN978-4-286-24724-3